閱讀123

國家圖書館出版品預行編目資料

屁屁超人外傳：直升機神犬2校長的「毛」病／林哲璋 文；BO2 圖 -- 第一版. -- 臺北市：親子天下,
2017.07 129 面；14.8x21公分. --（閱讀123） ISBN 978-986-94737-1-2（平裝）
859.6 106006261

閱讀 123 系列 —— 068

屁屁超人外傳：直升機神犬 2

校長的「毛」病

作 者｜林哲璋
繪 者｜BO2
責任編輯｜陳毓書
美術設計｜杜皮皮
行銷企劃｜王予農、林思妤

天下雜誌群創辦人｜殷允芃
董事長兼執行長｜何琦瑜
媒體暨產品事業群
總經理｜游玉雪
副總經理｜林彥傑
總編輯｜林欣靜
資深主編｜蔡忠琦
版權主任｜何晨瑋、黃微真

出版者｜親子天下股份有限公司
地址｜台北市 104 建國北路一段 96 號 4 樓
電話｜（02）2509-2800 傳 真｜（02）2509-2462
網址｜www.parenting.com.tw
讀者服務專線｜（02）2662-0332 週一～週五：09:00~17:30
讀者服務傳真｜（02）2662-6048
客服信箱｜parenting@cw.com.tw
法律顧問｜台英國際商務法律事務所・羅明通律師
製版印刷｜中原造像股份有限公司
總經銷｜大和圖書有限公司 電話：（02）8990-2588

出版日期｜2017 年 7 月第一版第一次印行
2023 年 6 月第一版第十六次印行
定 價｜260 元
書 號｜BKKCD068P
ISBN｜978-986-94737-1-2（平裝）

訂購服務
親子天下 Shopping｜shopping.parenting.com.tw
海外・大量訂購｜parenting@cw.com.tw
書香花園｜台北市建國北路二段 6 巷 11 號 電話（02）2506-1635
劃撥帳號｜50331356 親子天下股份有限公司

屁屁超人外傳
直升機神犬2

校長的毛病

文 林哲璋　圖 BO2

目次

人物介紹

屁屁超人

從小愛吃神奇番薯，讓他擁有超乎常人的放屁超能力，時常使用「超人屁」來行俠仗義。

直升機神犬

神祕小學的校犬，也是屁屁超人的好幫手，那一條轉不停的尾巴，能像直升機一樣飛上天，還會放出沖天「狗臭屁」。

神祕校長

神祕小學的校長，喜歡偷學小朋友的超能力，用來做壞事，弄得老師們常嘆氣；學生想哭泣，但下場總是慘兮兮，老是麻煩直升機神犬送他去看醫生。

貓小橘和貓小白

神祕小學附設幼兒園裡收養的兩隻貓兄弟，絕招是「三腳貓」功夫，他們和直升機神犬不打不相識，成了好朋友，在校園作伴保護小朋友。

淚人兒

一出生就很愛哭，擁有「眼淚流成大洪水」的超能力，常讓學校鬧水災。

冷笑話專家

愛說冷笑話，具有神奇又酷斃的結冰超能力。

平凡人科學小組

神祕小學裡一群沒有超能力，卻很有創造力的小朋友。常跑圖書館補充各種知識，發明新奇的東西，用來協助屁屁超人拯救師生。

鍊子的故事

神祕小學的校犬「直升機神犬」和神祕班的小朋友感情很好，有時候小朋友會在假日帶直升機神犬出遊；雖然，直升機神犬能用牠的螺旋槳尾巴載小朋友飛上天、四處玩，但若是進到人群裡面，神祕班小朋友都必須準備一條狗鍊，套在直升機神犬的脖子上。

貓小橘和貓小白來到神祕小學的第一個假日，神祕班小朋友很想帶著牠們出校門、見世面，又擔心牠們對環境不熟，容易迷路，於是也幫貓小橘和貓小白準備了貓咪專用的牽繩。

原本是流浪貓的小橘和

小白，習慣自由自在，突然見到小朋友要拿繩子套牠們的脖子，嚇得立刻消失得無影無蹤。

等到直升機神犬和小朋友玩夠了、逛累了，回到校園，一遇到貓兄弟，馬上被追問：「你怎麼不怕鍊子呀？它會限制你的自由，控制你的方向——而且捕狗大隊都是用棍子和鍊子抓狗的，不是嗎？」

直升機神犬不愧是神祕小學的神祕校犬，跟著小朋友學習的牠，沒有反駁貓兄弟的話，反而帶貓兄弟到圖書館借了一本繪本，書名叫《狗兒與鍊子》，開始講故事給貓兄弟聽。

狗兒與鍊子

狗兒很討厭鍊子！

有一次，主人把鍊子和狗兒留在摩托車上，狗兒一直吠，責備鍊子害牠不能陪主人進店裡。結果叫聲引來附近的野狗，狗兒被鍊子栓住跑不了，差一點兒被咬——幸好主人及時出現救了牠。

鍊子不覺得有錯，它對狗兒說：「我的責任就是管你！如果我沒鍊著你，路人會覺得你很可怕。」

「我……可怕？我又不會咬人！」狗兒抗議。

「重點不是你會不會咬人……。」鍊子振振有辭：

「沒有我，你在陌生人眼裡，就是一隻隨時準備咬人的野獸！」

還有一次，狗兒拖著鍊子偷溜出去……跳草叢、鑽樹洞，最後因為鍊子太長，卡在石縫裡。幸好，鄰居經過，救了牠們。

「每次和你出門，我都想抬高腿，把尿噴在你身上，但我腿抬得不夠高。」狗兒氣呼呼吐著舌頭說：「你總愛催我，怪我慢吞吞……這次還害我被卡在石縫裡，真的很煩！」

某日，狗兒在散步途中，趁機甩脖子、扭身體，把項圈和鍊子都扯下，轉頭就跑，逃之夭夭，等蹓躂夠了，才肯回家。

鍊子數著狗兒罪狀，罵狗兒不乖！

狗兒嫌棄鍊子囉嗦，說鍊子有錯。

兩個死對頭一直鬥、一直鬥，卻沒警覺時間也一直流走、一直流走。

直到那難忘的一天。

主人帶鍊子和狗兒到田野上散步，主人鬆開了鍊子，讓狗兒盡情奔馳。

狗兒忘記自己年紀不小，眼睛又不好，來到陌生的地方，還四處亂衝亂跑……幸好，狗兒掉下去的地方全是鬆軟的泥土，雖然如此，仍然把主人嚇個半死。

那是狗兒第一次覺得自己老了。

從那次之後，主人帶狗兒出門，一定全程請鍊子幫忙。

而狗兒再也沒有抱怨半句！

鍊子對狗兒說：「沒關係！我牽著你，你跟著我，相信我，我不會讓你再掉下去。」

從那時起，狗兒出門一定找鍊子作伴，鍊子變成了狗兒的眼睛。狗兒發現自己從前誤會了鍊子，覺得不好意思。

鍊子卻說：「我原本以為自己應該限制你的行動，管制你的行為，或者象徵主人的權威，代表人類的優越。可是當你摔下田裡的那一刻，我發現自己應該指引你正確方向，提醒你避開危險……現在我得到夥伴的信任，享受朋友的依賴，生命更充實，更有成就感了呢！」

「在公園裡，如果沒有鍊子，一些不認識我的大人和小孩常以為我會咬他們；但只要小朋友手上的鍊子和我連在一起，公園裡、街道上的陌生人都明白我是可愛的寵物狗、人類的好朋友。」直升機神犬闖上了書。

「原來，我們都誤會狗鍊和貓繩了，它們不是只能約束我們、限制我們，反而可能幫助我們、保護我們。」聽完這個故事，貓小白和貓小橘眼眶都溼了：「對了，神犬哥哥，你怎麼知道圖書館有這本書？」

「因為我喜歡看書呀！」直升機神犬得意的說：「小朋友告訴我，讀書會有『氣質』。我期待我的『狗臭屁』能變成高品質的氣，所以我天天都往圖書館跑，希望能提升氣質，放出與眾不同、品質更高的屁！」

神犬的游泳課

自從直升機神犬向神祕小學神祕班介紹了貓小橘和貓小白，兩隻貓兄弟就多了一堆疼愛牠們的小朋友。尤其是神祕班的淚人兒同學，她特別寵愛貓兄弟，每天中午都把便當裡的水煮蛋分給兩隻貓咪吃：「其他的菜太鹹了，這個蛋請你們吃！」

小白和小橘十分高興，直升機神犬有點嫉妒。

「我都沒有！」直升機神犬嘟起嘴巴，夾起尾巴，一副苦哈哈、氣呼呼的樣子。

「別生氣，這個給你吃！」屁屁超人發現直升機神犬心情不好，趕緊把自己的神奇番薯剝一半給牠。

直升機神犬見了神奇番薯馬上眼睛一亮，尾巴猛甩，三兩下就把神奇番薯吞了，吞了番薯的直升機神犬不但精神百倍，而且氣勢十足，牠伸了伸懶腰，搖了搖尾巴，發出狗臭屁，飛到天上去。

貓小白和貓小橘摀著鼻子大叫：「哇！好快，簡直像火箭一樣！」

其他神祕班的同學紛紛蓋起便當盒，統統向屁屁超人抗議：「你不能等我們吃完再餵直升機神犬嗎？你這樣害整間教室全是屁，教我們怎麼吃飯哪！」

屁屁超人連忙跟同學說對不起，立刻命令直升機神犬改用螺旋槳尾巴飛行，並且趕快降落，將新鮮空氣搧進教室裡。

對不起
抗議

貓小白和貓小橘早就領教過狗臭屁厲害無比，牠們也想學這招超能力，可惜牠們不喜歡吃番薯——魚乾比較好吃。

「算了，在神祕小學你們最先要學的，不是放出大臭屁，而是游泳——學會我的狗爬式！」直升機神犬以過來人——不！是以過來「寵物」——的身分勸告兩隻貓咪。

「為什麼？」貓兄弟抓著臉、歪著頭問。

「等一下你們就知道了。」直升機神犬剛說完，神祕班裡的淚人兒跟同學吵架，吵輸了，她忍不住哭了起來。

她一哭，學校就淹水了！

貓小白和貓小橘被突然來的淚洪水嚇壞了，貓咪大多天生怕水，牠們又不會游泳，結果沉在水裡的牠們喝了不少又鹹又苦的淚水、喊著又大又響的「救命」。

屁屁超人忙著救援師生，沒注意到兩隻貓咪，幸好，直升機神犬轉著螺旋槳尾巴，像噴射快艇一般的趕來救牠們。趴在直升機神犬背上的兩隻「落湯貓」狼狽不堪，這時才了解為什麼神犬大哥要牠們先學游泳。

「神祕班小朋友的超能力實在太恐怖了！」貓兄弟發著抖對直升機神犬說。

「當然，每個小朋友都很厲害！」直升機神犬表示神祕班專收一些神祕的小朋友；其實，從外面的人來看，神祕小學養的神祕寵物也很厲害呀！

領教了淚人兒的厲害，貓兄弟甘願學游泳了。直升機神犬帶著貓兄弟到神祕小學神祕花園的神祕水池邊，傳授兩隻貓咪關於「狗爬式」泳姿的祕訣。

「姿勢太醜了！」貓兄弟忍不住抱怨：「我們不能找蝴蝶學蝶式嗎？」

「不聽老『狗』言，吃虧在眼前！」直升機神犬告訴兩隻貓咪：「你們不怕淚人兒發威了嗎？『淚人兒』讓全校同學都學會游泳，你們若想在神祕小學做好『校貓』的工作，必須把游泳學好，否則不但幫不了忙，還得麻煩小朋友救你們呀。」

直升機神犬話還沒說完，貓小白就忽然被人抱了起來，小白嚇了一跳，反射性的伸出了爪子，爪子抓傷了小女生，小女生立刻哭了起來。

「淚……淚人兒！」直升機神犬回頭一看，淚人兒臉上已掛滿瀑布般的眼淚，地上也開始淹

起淚人兒的淚水。

「快！快抓緊時間學呀！」

直升機神犬教兩隻小貓學狗爬式，小白和小橘見事態危急，顧不得貓咪的尊嚴和姿勢的美醜，連忙模仿神犬的動作，牠們在水裡瞬間成了兩隻像狗一樣的貓。

兩隻貓學會了狗爬式，淚洪水也淹上來了，小白和小橘在淚人兒的淚水裡游來游去，淚人兒則在自己的淚水裡用「水母漂」漂來漂去。

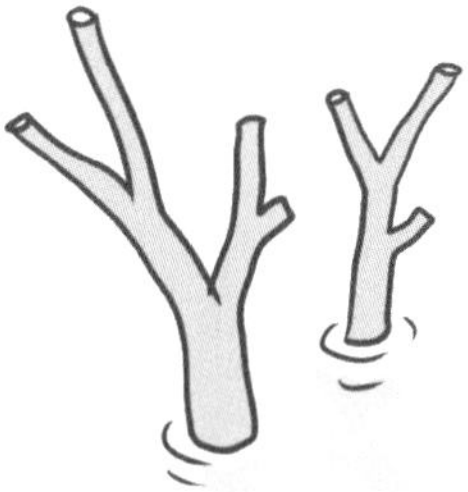

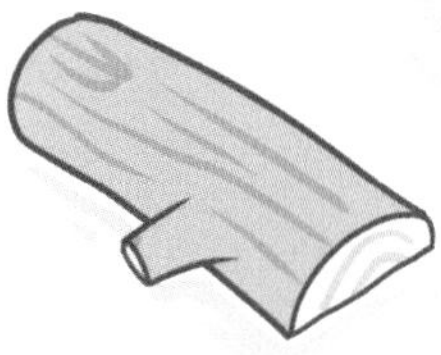

「學狗爬式實在沒有什麼好丟臉的，」貓小橘恍然大悟，指著淚人兒說：「因為人類也學水母在水上漂呀！」

貓小白和貓小橘游到淚人兒的身旁，舔著剛剛不小心抓傷的傷口，表示歉意，淚人兒見到貓咪來撒嬌，馬上就不哭了，淚洪水漸漸散去，師生們統統得救。

「喵——對不起啦！」貓小白用溫柔的聲音和不好意思的肢體語言向淚人兒道歉，淚人兒用甜甜的笑容和摸摸頭的動作向兩隻貓咪表示「沒關係」。

淚人兒和兩隻貓在淚洪水退去後，開開心心的去遊樂場玩盪鞦韆。

哈啾

神祕校長的「毛」病

貓兄弟來到神祕小學的那一天，神祕小學校長室裡的神祕校長便開始打噴嚏了——

「可惡！貓毛害我過敏。哈——啾——」神祕校長桌子上擤過的衛生紙堆得跟山一樣高，他一邊打噴嚏，一邊說：

「是誰准許校園裡養貓的呀！」

神祕校長鼻水流得好比淚人兒的眼淚，他再也受不了，決定想辦法把貓兄弟趕走。

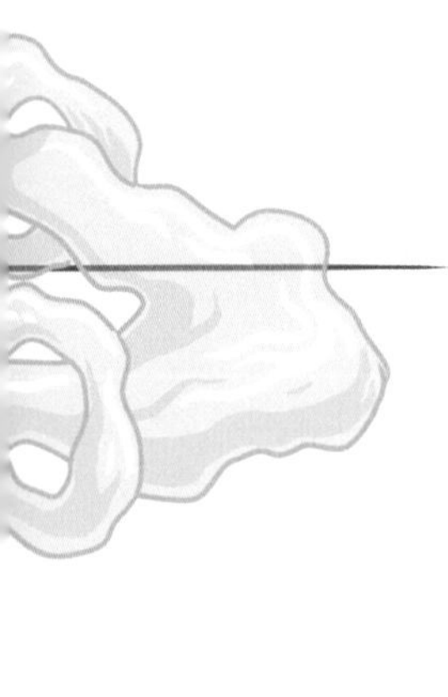

由於貓小白和貓小橘是幼兒園的園貓，再加上有直升機神犬、屁屁超人及神祕班的師生當靠山，神祕校長決定用天衣無縫、神不知鬼不覺、貓沒憑狗沒據的手段，讓兩隻貓待不下去。

隔天，校長把家裡本來要用來煮麻油雞的大公雞帶到學校，大公雞從刀口下逃生，明白神祕校長饒了牠的目的是要趕走兩隻小貓，便下定決心，要完成校長交代的任務，免得校長又抓牠回家煮麻油雞。

神祕小學放學了，大公雞找到機會向兩隻貓下戰帖：

「喂！貓！我要向你們挑戰，贏的一方可以留下來，輸的一方必須滾出去！」

小白和小橘剛吃完罐頭，正在洗臉；直升機神犬剛啃完番薯，正在抓癢。

聽見大公雞表明來意，兩貓一犬皆摸不著頭緒：「雞兄，大家無怨無仇，為何要決鬥？」

大公雞雄糾糾、氣昂昂的說：「受人之託，忠人之事！

神祕校長要我把你們趕出去，我奉命就得行事。」

「我們是幼兒園的園貓，又不是小學部的校貓，校長要趕也只能趕走直升機神犬，怎麼可以趕我們呢？」小白出面，提出質疑……但直升機神犬覺得這句話怪怪的。

「神祕校長討厭貓，所以神祕小學就沒有你們容身之處，少廢話，看招。」大公雞先下手為強，一招「金雞展翅」直向雙貓衝來。但是雞不會飛，翅膀沒什麼看頭，於是大公雞把這招功夫改成金雞展「刺」——用尖尖的嘴巴去啄刺敵人！

「我們是肉食動物，雞隻是我們的獵物，雞腿是我們的點心！今天竟然有蠢雞敢挑戰我們，若是不接受，恐怕會被笑，」淡定貓小橘向弟弟小白說了聲悄悄話：「我們剛吃飽，正好運動運動、消化消化，就陪大公雞玩一玩吧！」

「好！」小白迎上前去，使出洗臉神功，用爪子當盾牌，抵擋了大公雞尖嘴刺來刺去的攻勢。小橘因為覺得貓和雞打，貓占上風，便不出手，讓弟弟小白出馬，綽綽有餘。

「看我的掉毛神功！」小白張開四肢，身上的貓毛像針一樣飛射出去，大公雞先是一驚，張翅一躍，倒退好幾步。

幸好大公雞身上羽毛也很厚，小白的掉毛神功並沒有傷到公雞。

「掉毛神功？」大公雞臉上

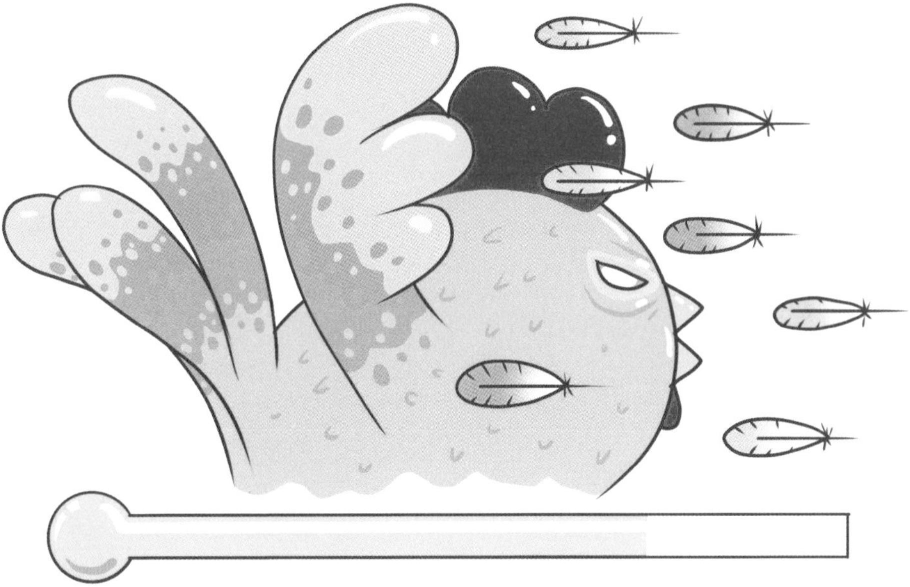

露出一抹微笑：「有什麼了不起，我也會！」

只見大公雞張開翅膀，大力拍翅，把身上的羽毛振得漫天飛舞，雞羽比貓毛大且重，刺到貓小白的身上，覺得有些痛。

不只如此，大公雞以最快的速度，蒐集地上的羽毛，綁在一根長長的棍子上。

「這是校長室的藤條……」大公雞張著尖尖的大嘴說：

「看我的絕招！」

大公雞把雞毛綁在藤條上，把藤條綁成了一根……

「那……那……那是兒童界裡聞名色變、看了就怕，人稱媽媽最愛用武器第一名的——雞毛撢子！」直升機神犬不愧是神祕小學的校犬，一眼就看出大公雞武器的底細。

「喂！你怎麼可以自己先拿武器，這樣子不公平啦！」

貓小白提出抗議。

「少囉嗦，看招！」大公雞用雞爪抓著雞毛撢子，使出金雞獨立的招式，一腳站著，一腳緊抓雞毛撢子，朝貓小白打來。

小白左閃右躲，不讓雞毛撢子打到。小橘本來想要出手相助，但貓小白制止牠：「雖然大公雞不守規則，但我們堂堂『園貓』可不能跟牠一樣。」

大公雞抓著雞毛撢
子，耍起來駕輕就熟，
虎虎生風。
貓小白躲著雞毛撢
子，閃起來東倒西歪，
漸漸不支。

「看我的！」貓小白使出追尾巴神功，開始追著大公雞的尾巴跑，還咬住大公雞的尾巴不放，大公雞回頭追，卻追不到咬著雞尾巴的貓小白。

貓小橘拍手叫好，直升機神犬開口說：「棒！」

就在大家以為貓小白即將贏得勝利時，大公雞把腳一抬，腳上的雞毛撢子換到了嘴上，大公雞叼著雞毛撢子用力一回頭，不偏不倚剛好打中貓小白，貓小白的頭上腫起一個包，眼冒金星、雙手抱頭，敗下陣來。

「可惡！」貓小橘正準備自己上場時，直升機神犬卻攔住貓小橘，牠走上前去，對大公雞說：「打狗看主人，打貓看友人！讓校犬我和你會一會。」

「我的對手是兩隻貓，不是你。」大公雞意在趕走害神祕校長過敏的貓兄弟，目標暫時不是讓神祕校長臭暈的狗臭屁。

「小小一隻雞，竟敢如此大言不慚！」貓小橋氣不過衝了出來，大公雞仍舊雞腳抓雞毛撣子直指貓小橋，貓小橋早有準備，張口一咬，雙爪一抓，把雞毛撣子搶了過來。

大公雞胸有成竹，一轉身，把長長的雞尾羽放在貓小橋的鼻子上，用雞屁股一直扭，雞尾羽在貓鼻子上磨擦，貓小橋忍不住打了一個大噴嚏，把雞毛撣子上的雞毛都吹跑了。

「哈啾！哈啾！」貓小橋噴嚏打個不停，不停的一邊用洗臉神功洗著鼻子一邊說：「大公雞，你多久沒洗澡啦？」

「從來沒洗過！」大公雞吐著舌頭說：「讓我用掉毛神功再做一支新的雞毛撢子。」

大公雞雞毛才剛甩飛上天，直升機神犬一個轉身，尾巴一翹，屁股一蹶，放出了傳說中的「狗臭屁」，不但半空中的雞毛被吹得無影無蹤，連大公雞也被吹得七葷八素，身上的羽毛全被吹光，整隻雞掛在旗桿上差點被吹走。

「救命呀！」大公雞口吐白沫，求救聲才一出口，馬上就昏了過去。

好心的直升機神犬啟動螺旋槳尾巴，「轟轟轟」飛上半空中，把無毛大公雞救了下來。

校長與鏈子

在兩貓一犬的照顧下，大公雞不久就醒了過來，牠見到貓兄弟立刻眼淚流不停、鼻涕滴不完。

「我如果沒辦法把你們趕走，」大公雞邊哭邊說：「校長一定會把我抓回去煮麻油雞。」

「神祕校長太過分了！」直升機神犬聽了怒氣攻心，兩隻小貓聽了也貓毛直豎。

「你放心，我們不打不相識、沒吵沒交情——我們不會讓神祕校長把你做成麻油雞的。」直升機神犬對大公雞保證。

「沒錯！」貓家兩兄弟也拍了拍大公雞的肩膀說：「我們一定會保護你。」

「對了，你怎麼會『掉毛神功』呢？」直升機神犬好奇的問。

「因為我的祖先在馬戲團服務過呀！」大公雞驕傲表明自己的血統、炫耀自己的身世：「後來，人類為了保護動物，禁止動物演出，我們家族便流落民間，不小心進了養雞場，從馬戲團裡的雞變成了菜市場裡的雞。」

「原來如此！」直升機神犬提出了建議：「既然你身上有讓小朋友快樂的基因，不如就留在校園裡，繼續帶給小朋友歡笑吧！」

「太好了，我願意！」大公雞興奮的點頭如搗蒜、像啄米。

貓家兄弟把大公雞藏在幼兒園裡，大公雞交了三位好朋友，隔天一大早就高興的忍不住「古——咕——鼓——」的叫了起來。

「喂！」兩隻夜貓子昨天很晚才睡，負責守夜的直升機神犬也很想補眠，大公雞卻七早八早的吵死人：「你不睡，我們還要睡耶！」

「不好意思！」大公雞抓了抓雞冠說：「我們這招大聲公神功，必須清晨練習才行呀——古——咕——鼓！」

神祕校長一早來學校，發現貓兄弟仍然悠哉悠哉的在校園裡睡大覺，害他哈啾哈啾的在走廊上打噴嚏。

校長火大了。

放學時，校長四處尋找大公雞，要把牠帶回家煮成麻油雞。

當神祕校長走進幼兒園時，所有幼兒園的小朋友都不讓校長把大公雞帶走——

「不要帶走我們的古咕鼓！不要帶走我們的古咕鼓！」

在貓兄弟的安排下，幼兒園的小朋友已經把大公雞當作幼兒園的新寵物，小朋友全都擋在神祕校長面前，不讓校長把大公雞變成麻油雞。由於小朋友幫大公雞取了名字「古咕鼓」，神祕校長一聽就知道麻煩大了——動物一旦被取了名字，就不再是普通的寵物，而是特別的動物了。人類都想要成為別人心目中特別的人，所以大家都取了名字，有些人還會幫自己或別人取綽號呢！

原本，神祕校長想要強行帶走大公雞，回家做香噴噴的麻油雞，補身體、治過敏，可是，連神祕班的小朋友都趕來聲援了，淚人兒聽到大公雞要被做成麻油雞，眼淚忍不住掉下來，掉下來的眼淚嘩啦啦、淅瀝瀝的又將校園淹沒了。

不會游泳的校長又得勞煩直升機神犬轉起螺旋槳尾巴，轟轟轟升空救援他。

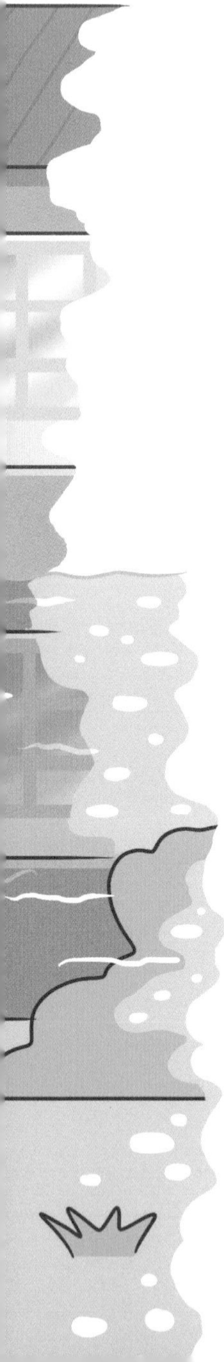

被小朋友和校狗、校貓搶救下來的大公雞幸運逃過一劫，心中充滿感激。牠待在神祕幼兒園裡，想盡辦法，逗樂小朋友，幫忙老師們。牠再一次使出掉毛神功做雞毛撢子，不是用來打人，而是幫老師清灰塵、掃桌面，讓小朋友有個乾淨、衛生、健康又舒服的學習環境及成長空間。

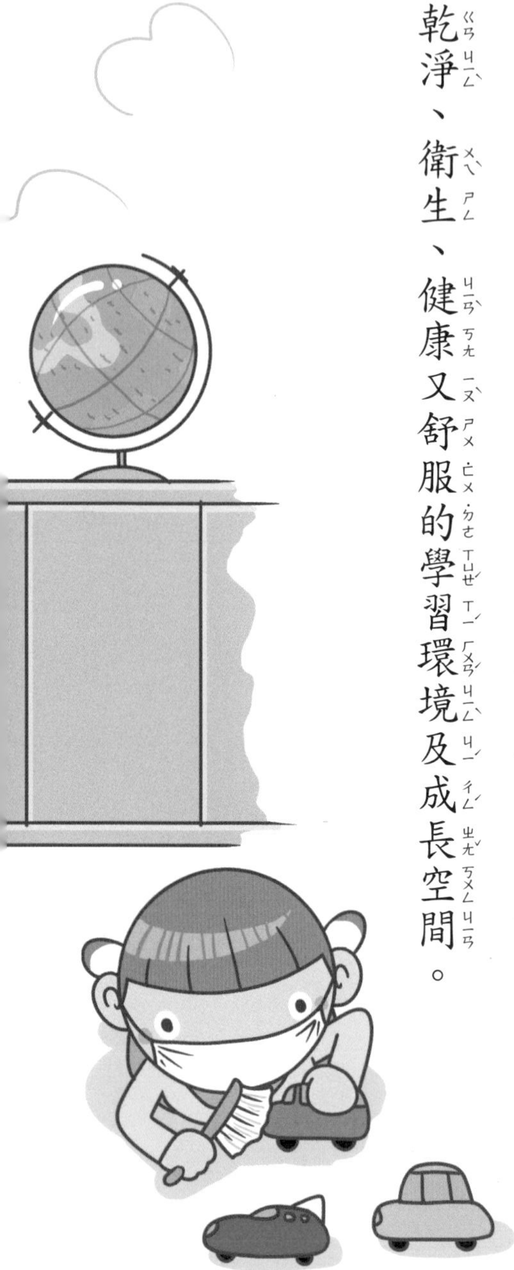

校長雖然從淚水裡被救，但噴嚏仍然打個不停。校長委託大公雞趕走貓兄弟的計謀失敗，每天生活在哈啾哈啾的過敏危機裡。然而，神祕校長不愧是萬惡的大人，他立刻策畫了超陰險的詭計、更可怕的陰謀、極恐怖的陷阱。

校長假裝懺悔，跟幼兒園園長表示要帶貓兄弟去寵物美容院美容。

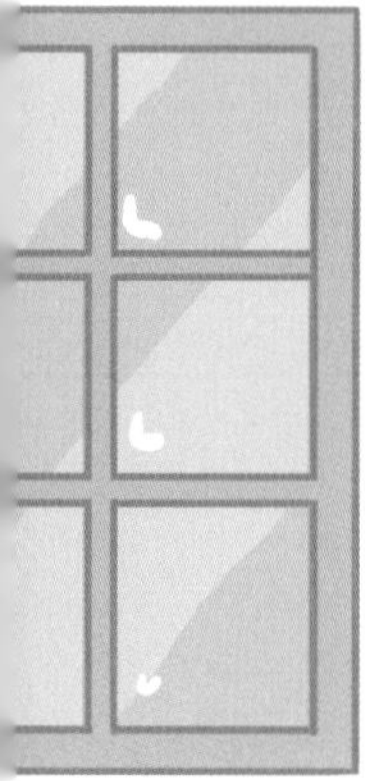

貓兄弟知道神祕校長不可信任，但校長手上拿了兩條牽貓繩，讓牠們想起了直升機神犬講過的繪本故事《狗兒與鍊子》，於是乖乖的讓校長套上脖子牽著走。

牠們沒有被帶到寵物美容院，而是到了校長常去的理髮廳，這間理髮廳最擅長理「金光頭」，理髮師拿起電動剪刀，在貓兄弟還來不及反應時，已經把牠們全身理個精光。

神祕校長露出邪惡眼神，張開血盆大口，哈哈大笑說：「這樣子我就不怕過敏了，哈啾！」（理髮師理貓毛時，校長站在一旁，被剪下來的貓毛弄得過敏更嚴重了。）

貓兄弟一回到校園，直升機神犬見到貓兄弟全身光溜溜，忍不住汪汪汪的笑了出來；大公雞見了貓兄弟全身光禿禿，也禁不住咕咕咕的笑了出來。

「盡信書不如無書，全靠繩不如無繩！」直升機神犬充滿智慧的表示：「世事無絕對，是非對錯要靠自己判斷！」

貓小白和貓小橘遮著重要部位，躲了起來。不管幼兒園的小朋友怎麼安慰牠們，牠們仍然一副憂鬱的模樣、傷心的表情。

HA HA
HA HA
HA
HA

就連最多愁善感、動不動就哭的淚人兒這次也哭不出來，反而笑個不停。

淚人兒笑到眼淚都流出來了，於是，學校又淹水了。

「難怪教育家說校園養寵物能增進小朋友的學習興趣及效率，貓兄弟真的讓淚人兒的超能力升級了——原本哭才會淹大水，現在連笑都可以了。」屁屁超人剛評論完，自己也忍不住笑，笑得太用力，不小心放了一個屁，把自己轟到天上去。

其實直升機神犬明白小動物沒了毛的心理壓力，大公雞也知道，因為雞要做成麻油雞之前都要先拔毛，變成無毛雞。因此，一狗一雞先止住了笑，忙著安慰貓兄弟。

「又不是夏天，冬天快到了，還把貓兄弟的毛剃光光，實在太狠心！」直升機神犬說出正義之聲。

「都不管小動物的心理壓力，不經同意，就把我們理個精光、剃成裸體，實在太沒道理！」大公雞發出不平之鳴。

神祕班小朋友雖然忍不住笑，但也覺得校長的行為太不可取，他們決定要向校長表達抗議。

「剃光光很好呀，不但沒有貓毛導致我過敏，跳蚤、虱子也沒有地方躲，這不是一舉兩得嗎？」神祕校長得理不饒人，拉起他的假髮，露出他的光頭，認為「己所欲，可以施於人」——自己喜歡的，都可以逼別人接受。

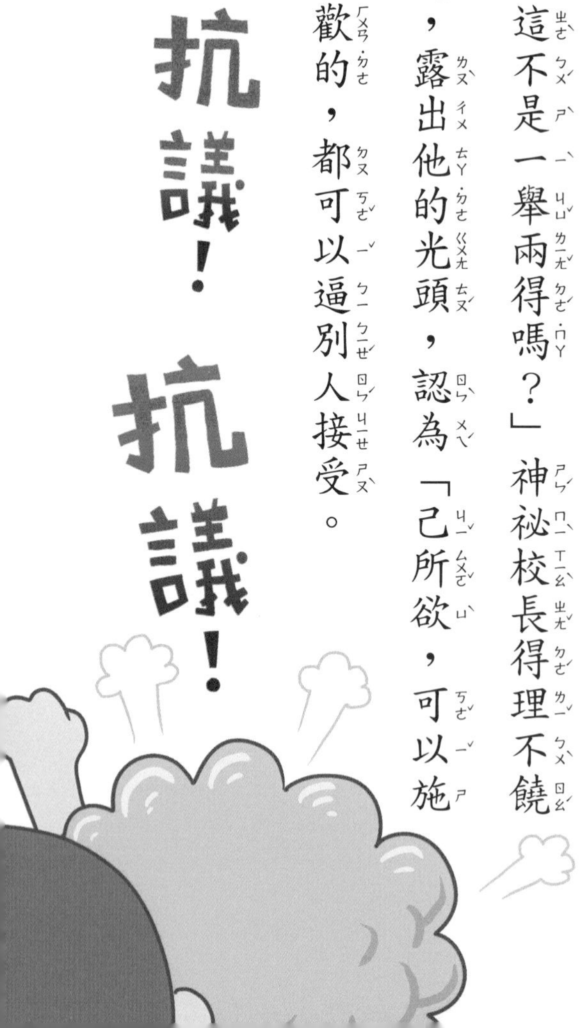

己所欲，可以施於人
抗議！
抗議！
抗議！
抗議！
抗議！

「可是，校長您沒有得到監護人——幼兒園師生——的允許。」抗議的同學異口同聲。

「只要我喜歡，有什麼不可以？」校長對著神祕班的小朋友做鬼臉、吐舌頭，表示「反正毛都剃了，你奈我何？」

見到校長這麼不講理，淚人兒難過的掉下淚來，淚水又淹沒了學校，學校沉進水裡，師生叫了起來。

「救命呀！」神祕小學師生連同校長都在淚人兒的淚水裡呼救，因為是冬天，溫熱的淚水一會兒就變成冰涼的；也因為氣溫低，所以冷笑話專家不敢使出冷笑話結冰大法，他怕大家卡在冰塊裡會感冒生病。

眼看大家都浸在水裡，眼看直升機神犬和屁屁超人救人分身乏術——救都救不完——連大公雞都拿著雞毛撢子在屋頂上救人。

貓兄弟躲在自己的籠子，籠子漂在淚洪水的水面上，水面上掙扎的師生呼救聲不斷、哀嚎聲不停。而且，裡頭還有幼兒園的小朋友。見到小朋友在受苦，貓兄弟顧不了自己的憂鬱，忘記了自身的委屈，立刻決定下水救人。牠們想起直升機神犬教的狗爬式，搭配牠們自己的絕招——追尾巴神功——在水裡捲出了漩渦，把水捲到了天上，就好像天上有一個出水孔一樣，一下子把水漏光光。

貓兄弟發現身上沒毛之後，阻力變小，速度變快，更能

發揮自己的能力了。

平凡人科學小組的貢獻

聽說神祕校長把貓兄弟的毛剃光光，害貓兄弟在冬天冷颼颼、皮皮剉。神祕班「平凡人科學小組」成員家中有賣毛線、時裝的，他們合作為貓兄弟做了寵物衣，穿上冬天不冷，披了寒風不怕，解決了神祕校長闖下的大災禍、留下的爛攤子。

「果然，凡事都能解決，我們不該自暴自棄裝憂鬱。」

貓小白說。

「是呀！」貓小橘點點頭。

「哈啾！哈啾！」神祕校長在貓兄弟穿上毛線衣時出現。（大家不必擔心校長躲藏在暗處，因為大老遠就可以聽到校長的噴嚏聲。）

「校長！打噴嚏要摀住口鼻，沒有口罩手帕，也要用手肘、袖子來遮呀！這不是您時常在朝會上宣導的嗎？」

「我是大人耶！」校長不理小朋友的勸告，跑來跟平凡人科學小組撒嬌，校長拿開假髮說：「為什麼學校的寵物貓都有毛衣穿？我的頭上光禿禿，冬天也會覺得冷颼颼呀！」

「校長，您有假髮可以保暖呀！」平凡人科學小組覺得他們應該要雪中送炭、風中送衣，不必要錦上添花、髮上添帽。

「不管，如果我沒有毛帽可以戴，我就要把學校的寵物貓統統趕出去。」校長學小朋友耍小孩子脾氣。

屁屁超人本來要據理力爭，可是平凡人科學小組的成員阻止了他，答應了校長。

過了不久，校長就收到了平凡人科學小組送的「毛帽」，但說也奇怪，自從神祕校長戴了毛帽之後，原本見到貓兄弟才會過敏打噴嚏的神祕校長，現在一天二十四小時都在「哈啾！哈啾！」

哈啾

屁屁超人心中好奇，跑去詢問平凡人科學小組。

「我爸媽說校長有領納稅人的薪水，所以不肯提供免費毛線。」負責毛線材料的平凡人科學小組成員說：「沒辦法，我只好自己去找免費的動物毛髮來搓毛線。剛好我到街上理髮廳理髮時，發現理髮廳裡剛好有一大堆動物的毛，我跟老闆要來搓成毛線、織出毛帽、送給校長、保住小貓……。」

閱讀123